ESCHBACHER MINIS
für dich

**Auch den
dornigen Weg
gehen
bis ans Ende
Wunde um Wunde
und weiter
in der letzten
wird sich
ein größeres Licht
spiegeln:
sehet, der Mensch!**

Isabella Schneider

Angelika Büchelin

Der glückliche Prinz

neu erzählt nach Oscar Wilde

Eschbach

Da stand er nun – erhöht auf einem Podest – und sah auf die bunte Schar von Menschen hinunter, die zu seinen Füßen ihren alltäglichen Verrichtungen nachgingen. Geschäftsleute – in wertvolle seidene Gewänder gekleidet. Damen – in langen, wundervoll knisternden Kleidern. Dazwischen in einfachen Hosen und Hemden Laufburschen, die es meist eilig hatten. Kleine Mädchen, die mit ihren jüngeren Geschwistern über den Platz hüpften. In der Nähe seines Podestes saß ein alter Mann, sein faltiges Gesicht sprach von einem Leben voller Abenteuer …
Erhöht auf einem Podest – so war sein ganzes Leben gewesen. Er hatte es genossen. Bedient und umsorgt von einer Unmenge von Dienern, Zofen und Lehrern, die ihm Reiten, Fechten und andere schöne und wichtige Dinge beibrachten. Er hatte es verdient. Er war der Prinz des Landes – der glückliche Prinz. Er konnte sich nicht daran erinnern, jemals nicht fröhlich gewesen zu sein. Er hatte alles, was sein Herz begehrte. Bis er eines Tages bei einem Reitturnier von seinem Pferd stürzte und sein kurzes Leben aushauchte.

Sie hatten ihm ein Denkmal gebaut – der glückliche Prinz – diese Worte waren in das Podest eingemeißelt. Und hier stand er nun und kam ins Grübeln. Was war Glück? Was war für diese Menschen, die jeden Tag zu seinen Füßen ihr Leben führten, Glück? Verstohlen sah er nach dem alten Mann, der gerade etwas Futter für die Tauben ausstreute und ganz versunken ihr Aufpicken der Körner, das Gurren und Sich Aufplustern beobachtete. Das war ein ganz anderes Leben als er es geführt hatte. Da fasste der glückliche Prinz einen Entschluss. Er hatte seine Untertanen, sein Volk nie kennengelernt. Aber jetzt wollte er von seinem Podest heruntersteigen und sehen, wie die Menschen seines Landes lebten.

Er hatte ganz vergessen, dass er sich nicht bewegen konnte – er war aus Stein, vom Kopf bis zu den Füßen. Aber er war nicht umsonst von blaublütiger Herkunft – so schnell gab ein Prinz einen einmal gefassten Entschluss nicht auf. Und er hatte ja Zeit – er musste einfach warten, bis jemand ganz nah zu ihm kam.

Solange beobachtete er weiter die Menschen, die täglich unter ihm vorbeiliefen. Mal blieben sie stehen und unterhielten sich. Mal verschnauften sie kurz, um sich dann wieder auf ihren Weg zu machen. So vergingen die Tage und der Sommer neigte sich dem Ende zu.

Es war ein regnerischer Tag, die schweren Tropfen flossen am glücklichen Prinzen herunter. Fast sah es aus, als würde er weinen. Da landete auf seiner Schulter ein kleiner Vogel, der vor der Nässe Schutz suchte. Er schüttelte sich, dass die Tropfen aus seinen Federn nur so stoben und im Licht der vorsichtig durch die Wolken schauenden Sonne in allen Regenbogenfarben glitzerten. Dann plusterte er sich auf und saß wie ein kleiner Federball ganz dicht am Kopf des glücklichen Prinzen.

Wie sollte der glückliche Prinz sich dem Vogel verständlich machen? Konnte eine steinerne Zunge Laute formen, ein steinerner Mund seine Lippen öffnen?

Aber sensible Wesen kennen andere Formen der Verständigung und so wunderte sich der Vogel nur kurz, als er den Prinzen vernahm: „Darf ich mich vorstellen. Ich bin der glückliche Prinz. Mit wem habe ich die Ehre?" Auch als steinerner Prinz achtete er auf seine höfische Erziehung. „Ich bin auf dem Durchflug in den Süden, denn bald kommen kältere Tage". „Liebes Rotschwänzchen, dürfte ich dich wohl um einen Gefallen bitten?" „Viel Zeit habe ich eigentlich nicht, aber du hast so höflich gefragt – was möchtest du von mir?" „Zu meinen Lebzeiten habe ich meine Untertanen nicht kennengelernt – das würde ich gerne nachholen. Und ich wüsste gerne, was Glück ist ..."

Das Rotschwänzchen neigte sein Köpfchen und sah den Prinzen mit seinen schwarzen Augen an. „Was Glück ist, weiß ich nicht – darüber habe ich mir noch keine Gedanken gemacht. Aber ich könnte vielleicht einen deiner Untertanen beobachten und dir dann berichten." „Das wäre äußerst liebenswürdig von dir. Ich würde gerne wissen, was der alte Mann macht, wenn er seinen Platz hier verlässt."

Das Rotschwänzchen gesellte sich zu den Tauben, die der alte Mann fütterte. Und als er gegen Abend aufbrach, erhob es sich in die Luft und verfolgte seine langsamen, schweren Schritte. Am nächsten Morgen landete es mit dem ersten Sonnenstrahl auf der Schulter des glücklichen Prinzen. „Schön, dass du zurück bist. Was hast du gesehen?" „Ich dachte, Menschen schlafen in Häusern, vor allem, wenn die Nächte kälter werden. Aber der alte Mann ging zum Fluss unter eine Brücke. Dort legte er sich auf einen Karton und deckte sich mit einer Zeitung zu – sehr warm war ihm nicht, denn er schlief sehr unruhig..." Als der glückliche Prinz das hörte, spürte er in seiner Brust ein schmerzliches Ziehen und seine Augen brannten. Nicht alle konnten so unbesorgt leben, wie er es getan hatte ... „Liebes Rotschwänzchen, der alte Mann kümmert sich um die Tauben und hat selber kein Bett – das tut mir weh. Bitte sei so gut und nimm eines meiner Augen – es ist ein Smaragd. Bring ihn dem alten Mann – er soll nachts nicht frieren."

Das Rotschwänzchen sah den glücklichen Prinzen
entsetzt an. „Das kann ich nicht tun." Doch der
Prinz drängte es so sehr, dass es sich schließlich
erweichen ließ. Es pickte den Stein aus dem Denkmal des glücklichen Prinzen und ließ ihn dem
alten Mann in den Schoß fallen. Der schaute
verdutzt nach oben und verneigte sich dann vor
dem Denkmal. Das Rotschwänzchen setzte
sich auf die Schulter des glücklichen Prinzen.
„Ich habe getan, was du von mir wolltest, jetzt
muss ich weiterziehen." „Liebes Rotschwänzchen,
bitte flieg doch noch dem kleinen Mädchen dort
hinterher. Es verschwindet gerade mit seinem
kleinen Bruder an der Hand um die Ecke. Ich
möchte zu gerne wissen, wie sie leben."
Das Rotschwänzchen neigte sein Köpfchen.
„Eine Nacht werde ich noch bei dir bleiben,
aber dann muss ich in den Süden fliegen."

Am nächsten Morgen landete es mit dem ersten Morgentau auf der Schulter des glücklichen Prinzen. „Das Mädchen und ihr Bruder haben ein Dach über dem Kopf. Aber ich wusste nicht, dass Menschen in so großer Anzahl in einem Raum leben. Vier Kinder schlafen in einem Bett. Und die Mutter hatte wohl nicht genug zu essen, denn der kleine Junge weinte nachts und bettelte um ein Stück Brot." Als der glückliche Prinz das hörte, spürte er in seiner Brust ein schmerzliches Ziehen und sein verbliebenes Smaragdauge brannte. „Liebes Rotschwänzchen, bitte nimm mein zweites Auge und bring es dem Mädchen – meine Untertanen sollen keinen Hunger leiden." Der kleine Vogel fiel vor Schreck fast von der Schulter des glücklichen Prinzen. „Lieber Prinz, das kann ich nicht tun – dann siehst du nichts mehr." „Aber der wertvolle Edelstein nützt ihnen mehr als mir." Das Rotschwänzchen pickte den zweiten Stein aus dem Denkmal, flog zu dem Mädchen und ließ den Stein in die Hand des schlafenden Kindes fallen.

Es kam zum glücklichen Prinzen zurück und setzte sich traurig und ruhig auf seine Schulter. Als der Morgen dämmerte, erwachte das Rotschwänzchen durch einen Tropfen, der auf sein Köpfchen fiel. Es öffnete die Äuglein und meinte, im Gesicht des glücklichen Prinzen eine feuchte Spur zu sehen. „Jetzt heißt es wohl Abschied nehmen – du musst los fliegen. Die Nächte werden zu kalt für dich, kleines Rotschwänzchen." Das Rotschwänzchen spannte seine Flügel, landete sanft auf dem Ohr des Prinzen und schmiegte sich an seine Wange. „Lieber Prinz, du hast mein Herz berührt, ich kann dich nicht verlassen – ich werde bei dir bleiben und dir deine Augen ersetzen." „Aber die Kälte und der Frost?" „Ich weiß ..."

Und der kleine Vogel flog in die Gassen und schaute durch Fenster und erzählte dem glücklichen Prinzen, was seine schwarzen Äuglein sahen. Und der glückliche Prinz bat das kleine Rotschwänzchen, Stück für Stück das Blattgold von seinem Denkmal zu lösen und dorthin zu bringen, wo es von seinen Untertanen dringend gebraucht wurde. Der glückliche Prinz wurde immer grauer und das kleine Rotschwänzchen

immer schwächer. Aber es schmiegte sich immer öfter eng an die Brust des glücklichen Prinzen, die ihm von Tag zu Tag wärmer zu werden schien. Als die kälteste und längste Nacht anbrach, spürte das kleine Rotschwänzchen, dass seine Zeit gekommen war. Es drückte sich an den glücklichen Prinzen. „Du hast mich gefragt, was Glück ist. Das Glück hat mich berührt in der Begegnung mit dir. Dein Mitgefühl hat mein Herz gewärmt." In diesem Moment hörte es ein tiefes Knacken in der Brust des glücklichen Prinzen und das Denkmal zerbrach in tausend Stücke.

Es selber fühlte sich in einer warmen, lichten Hand geborgen, die es zusammen mit dem mitfühlenden Herzen des glücklichen Prinzen zu Gott brachte. Er hatte seinen Engel auf die Erde geschickt, damit dieser ihm in der dunkelsten Zeit des Jahres das Lichteste der Erde brächte. Und nun waren der glückliche Prinz und das kleine Rotschwänzchen in der Hand Gottes für immer vereint.

Angelika Büchelin, geboren 1966, ist zur Zeit Pfarrvikarin in der Badischen Landeskirche. Nach ihrem Studium der Theologie und einer Buchhändlerlehre war sie von 2004 bis 2009 Lektorin im Verlag am Eschbach.
Angelika Büchelin ist im Verlag am Eschbach bereits in etlichen Anthologien mit ihren Texten vertreten und hat zahlreiche Titel konzipiert und zusammengestellt. Zuletzt erschien im Verlag am Eschbach:

Mit den Jahreszeiten leben. Ein spiritueller Begleiter (978-3-88671-981-5)
Leiser leben. Der andere Adventsbegleiter (978-3-88671-993-8)

Das Umschlagbild sowie die Bilder im Inhalt sind von **Barbara Trapp**. Sie ist 1950 in Leipzig geboren. Nach einem Studium an der Hochschule für Kunst und Design „Burg Giebichenstein" in Halle/Saale war sie wissenschaftliche Mitarbeiterin im Modeinstitut der DDR in Berlin (Bereich Modeforschung). Später war sie zunächst Lehrbeauftragte, anschließend wissenschaftlich-künstlerische Mitarbeiterin an der Hochschule der Künste Berlin (Fachbereich Design). Seit 1987 ist sie freiberuflich tätig. Sie wohnt und arbeitet in Bad Krozingen. www.bt-kunst.de

---

Bibliographische Information der Deutschen Nationalbibliothek:
Die Deutsche Nationalbibliothek verzeichnet diese Publikation in der Deutschen Nationalbibliographie; detaillierte Daten sind im Internet über http://dnb.d-nb.de abrufbar.

ISBN 978-3-88671-576-3
© 2010 Verlag am Eschbach der Schwabenverlag AG
Im Alten Rathaus/Hauptstr. 37
D-79427 Eschbach/Markgräflerland
Alle Rechte vorbehalten.

www.verlag-am-eschbach.de

Gestaltung: Ulli Wunsch, Wehr.
Satz und Repro: Schwabenverlag Media der Schwabenverlag AG,
Ostfildern-Ruit.
Herstellung: Süddeutsche Verlagsgesellschaft Ulm.